通して季節の移ろいを感じさせる絵画的な句だ。三句目、作者は猫を詠むときのこつを心得ている。「幸せのかたち」では平凡。「哀しみのかたち」で、猫はドラマの主人公のように輝くのだ。季語の「夜長」が絶妙。四句目、焚火をしていて何かが爆ぜた音を「星ひとつ爆ぜたる音か」と把握。大胆な発想だが、浜焚火という生活感のあるものから星への飛躍が見事。

まだ見つめられたくて鴨残りけり

北地へ帰らない理由が、「まだ見つめられたくて」とは、何といじらしい鴨だろう。哀れなイメージで詠まれがちだった「残り鴨」を払拭するように、由季さんは明るくてフレンドリーな鴨を詠む。親愛の情をこめて、懸命に生きる鴨にエールを送っているのだ。この慈愛に満ちた句は、岡本眸の〈残りしか残されゐしか春の鴨〉と共に私の愛誦句となった。

あらたなる風てのひらの空蟬に
抽んでて一つは風の葱坊主
秋草の風のひと色摘みにけり
ときをりの風のかたさよ吾亦紅
触れ合うて若葉は風となりにけり
返り花羽毛をつけて吹かれけり
草も木も人も吹かれてゐて涼し

本集には、風の句が多い。風は作者のモチーフか？　それとも風のように自由に生きたいという願望か？　由季俳句の風の世界を漂っていると、風は作者の分身のように思えてくる。この七句は即物的な把握がなされていて、端正で味わい深い。なかでも六句目は、「返り花」と「羽毛」の取り合わせとして妙味がある。

淡海いま雨の中なる秋燕
菖蒲湯の余りの束は立てかけて
またひとつ星の見えくる湯ざめかな
一音をもて地にひらく落椿
ふつくらと硬き封書よ鳥の恋
水温む水尾の交はるところより
馥郁と春の鷗となりにけり

旅吟、写生の句、取り合わせの句など多彩な句群である。注目したのは、「星の見えくる」で美しい詩となった三句目と、句集の表題に選んだ七句目。ピカソが平和の象徴として鳩を描いたように、由季さんも鷗を命の象徴として表出。まさに生きものへの讃歌である。

ひとつ足す窓辺の木椅子水温む

「ひとつ足す」のフレーズは、木椅子が二つになったことを意味し、結婚して幸せな日々を送る作者の充実感が読み取れる。が、それだけではない。深読みかもしれないが、実生活の出発点となった木椅子。永遠にゴールの見えない俳句という木椅子。この二つを両立させようとする作者の覚悟が伝わってくる寓意的な句である。家庭と俳句を両立させるのは大変かもしれないが、永遠という、遥かなる言葉に支えられ俳句を続けてきた由季さんなら出来る。現実と創造の世界を往き来して理想の俳句を目指してほしい。

実りある三十代の句集『馥郁』のどのページをめくっても、透明な句に出会うことができる。作者の俳句への情熱が伝わってくる。

祝

伝言のごと心音や水澄めり　　あまり

日下野由季句集『馥郁』栞

永遠の木椅子――大木あまり

『馥郁』は日下野由季さんの第二句集である。二〇〇七年から二〇一七年までの作品が制作順に編まれているので、作者の俳句の進化をつぶさに知ることができる。

揺れやむは泣きやむに似て藤の花
猫一匹分の日だまり冬の草
哀しみのかたちに猫を抱く夜長
星ひとつ爆ぜたる音か浜焚火

四句とも、感性の豊かさ、柔軟な発想が際立っている。一句目、藤の花の揺れがおさまった情景を、「泣きやむに似て」と直感的に詠んで説得力がある。二句目、つかの間の日だまりに丸くなって眠る猫の姿を想像させるとともに、本格的な冬が来るのを「猫一匹分の日だまり」が暗示。猫を

ISBN 978-4-7814-1061-6

馥郁

句集

日下野由季

FUKUIKU

Higano Yuki

ふらんす堂

目次

Ⅰ　二〇〇七〜二〇〇九　5
Ⅱ　二〇一〇〜二〇一二　33
Ⅲ　二〇一三　75
Ⅳ　二〇一四　93
Ⅴ　二〇一五　115
Ⅵ　二〇一六　135
Ⅶ　二〇一七　153
あとがき

句集

馥郁

Ⅰ

二〇〇七～二〇〇九

二〇〇七

春渚手渡すやうに言葉継ぐ

青年の視線まつすぐ梅ひらく

ものの芽に寄りくるこゑのやはらかく

揺れやむは泣きやむに似て藤の花

ライラック匂ふひとりになりしとき

桐咲くや忘れしころに来る手紙

あらたなる風てのひらの空蟬に

触れてみる波郷のライカ夏惜しむ

金木犀己が香りの中に散る

径ゆづるとき秋草に濡れにけり

風を聴くかたちとなりて薄氷　二〇〇八

芯のまだ眠たきからだ草萌ゆる

雪解けの空ひかりつつこぼれつつ

まだ見つめられたくて鴨残りけり

みぎひだり違ふ湾の名花大根

虹を見しことをはるかな人に告ぐ

はつなつの水のやうなる一詩人

燕の子夢の中まで口あけて

秋風や結び目固き恋みくじ

くっつけてみてをなもみと教へやる

淡海いま雨の中なる秋燕

花野ゆく会ひたき人のあるごとく

猫一匹分の日だまり冬の草

枝先の撥ねたる空や冬の鵙

観音のうしろにまはる冬の蠅

初雀つむりにひかりひとつづつ

二〇〇九

風に触れ日の斑に触れて探梅行

春きざす白磁青磁の肌かな

薄氷また来る場所と思ひゐる

投げるでもなくて礫に春の雪

かたちなきもの奔りゆく春一番

春めくや画廊に掛かるマチスの絵

名を知らぬ鳥の来てゐる落花かな

抽んでて一つは風の葱坊主

菖蒲湯の余りの束は立てかけて
花楓ねんごろにして小さきこと

白薔薇傷まぬほどに触れ合ひぬ

羅を水のごとくに纏ひけり

あをぞらに噴水の芯残りたる

抱へ来て花瓶に百合の白放つ

一瞬といふ永遠に虹立てり

さざなみの果てのみづいろ小鳥来る

秋草やいまは渡れぬ石の橋

澄む水と揺れをひとつにしてゐたり

鳥籠に空の透けゆく冬はじめ

冬薔薇のもつとも深き色を剪る

ノラ猫に銀の鈴鳴るクリスマス

風音の水音の足音の冬

またひとつ星の見えくる湯ざめかな

寒禽の思ひ切るときかがやけり

Ⅱ

二〇一〇〜二〇一一

二〇一〇

一湾の日を立てかけて海苔を干す

双眼鏡覗けば匂ふ春の潮

いくたびも潜きて春の鴨となる

一音をもて地にひらく落椿

ほんたうのこと見えてくる蝌蚪の水

ただ晴れて虚子忌の空のありにけり

吹かれたるままに歩きて花の岸

花筏水のひかりに崩れけり

遠野　二句

話したくなりて座りぬ夏炉かな

曲屋の繭より暗く灯して

掛軸の緋鯉ゆらりと梅雨に入る

梅雨晴や切火して売る守り札

秋草の風のひと色摘みにけり

ゆく秋の雨の匂ひの金魚坂

秋すでに空の深みといふところ

秋光のとほくの木々を鳴らしけり

動かして柚子湯の香りあらたまる

ぼろ市や一つ筵に神仏

二〇一一

開闢の海あかあかと初日射す

日を乗せて岸を離るる薄氷

春の山生きるものとは光るもの
深吉野の雲より花のこぼれくる

音立つるかに一山の花ふぶき

貝拾ふ五月の傘をかたむけて

まほろばの風はるかより更衣

ポンプ井戸押せば夏日の迸る

夏雲や十円で買ふ「悪の華」

これ以上愛せぬ水を打つてをり

ときをりの風のかたさよ吾亦紅

魚影の二手に分かれ水澄みぬ

萩の花先ゆく人を隠しけり

ふたたびとなきあをぞらを鳥渡る

今日の月思ふところに上がりけり

活けられて風を通しぬ草の花

哀しみのかたちに猫を抱く夜長

秋蝶の天よりこぼれきたりけり

霧立ちぬ旅の机に書きをれば

胸の上に文庫の厚み霧に眠る

ハロウィンのかぼちやころげて笑ひけり

草紅葉死といふ長き不在にて

身につけるパワーストーン神の留守

冬紅葉紅を出て真紅

初旅や海に沿ひゆく一輛車　二〇一二

薄氷見えざるところよりゆるぶ

立春の汀に靴を濡らしけり

まだ色を見せざる海や春ショール

野遊びやゆつくり乾く掠り傷

荷造りの大方は本春の雨

飛花一片流れてきたる古書の上

触れ合うて若葉は風となりにけり

考ふる睫毛長しよ夏薊

夏の蝶何を振り切る翅ならん

数行を戻りては読む花海桐

教会の扉に触れぬ梅雨の蝶

夏瘦せの明日へ少し眠りをり

絵葉書の旅信短し夏燕

揚花火息ととのへてよりひらく

止まり木に揃ふ三人合歓の花

夏果ての雨に打たるる亀の首

人去りて油彩の匂ふ夜の秋

真空となる秋蟬の一樹かな

改札の残る暑さに別れけり

カーテンの襞深々と稲光

秋澄むや鍵に付けたる神の鈴

秋めくとショパンに針を下ろしけり

大銀杏散るこんじきの音の中

秋風やチェロに凭れてチェロ奏者

風切つて残る燕となりにけり

冬草を踏んで昔のこと話す

綿虫の青きいのちを掬ひけり

羽ばたけるものの懐に山眠る

深爪にバラ色さしぬ結氷期

ちちははの生前墓や竜の玉

返り花羽毛をつけて吹かれけり

星ひとつ爆ぜたる音か浜焚火

波音に波あらはるる野水仙

忘年やほうと上向く瓶の口

呼び込むといふほどもなく飾売り

Ⅲ

二〇一三

二〇一三

初笑ひ遅れて父の笑ひけり

松過やスタンドで飲むカプチーノ

ロールカーテン巻き上げて見る春の雪

はくれんの空に生まるるごとひらく

ちよつとそこまでがどんどん野に遊ぶ

胸元の漣明り雛流す

母の雛追うて子の雛流れけり

よき顔によき音の添ふ土鈴雛

詩に生きて人悲しますす啄木忌

雨粒の大きく百合の蕊伝ふ

波音のかすかに六月の電話

香水のもう身に添はぬ香なりけり

秋草や羽根のかるさの旅切符

旅慣れて一人に慣れぬ星月夜

思ひ遂げしか破れしか星流る

秋の雨やむ明るさに濡れてをり

イタリア詠　十三句

一房の葡萄異国の市に買ふ

クーポラの見える中庭小鳥来る

秋澄むや古城へ渡る石の橋

木の実落つローマの粗き石畳

口づけを受く手の甲や夜半の秋

秋灯し嘆きの色にピエタ像

かりそめの喜捨に秋思の音立ちぬ

海渡り来てヴェネチアの水の秋

朝霧や眠れる街をゆく運河

露けさの一つ枕に銀貨置く

水澄めり受胎告知のしづけさに

色鳥やイエスは死して天仰ぐ

短日の終着駅に人を待つ

空青すぎて雪蛍見失ふ

野水仙一輪に風あたらしく

咲きそめて未知のひかりに花八手

Ⅳ

二〇一四

二〇一四

初夢に聞く蓬萊の波の音

御降りの箱根の山を越えにけり

春の雪存分に降り降りやまず
まつさらな春雪罪のごとく踏む

鳥雲に入る灯台に窓一つ

もくれんの花の熟れゆく月夜かな

開演のベル待つ膝の春コート

ふつくらと硬き封書よ鳥の恋

さかしまに叩く屑籠花ぐもり

春昼や音立て崩すミルフィーユ

桜満開父がゐて母がゐて

誰がためのうすくれなゐの花の塵

産院の二階の灯る闇朧

水温む水尾の交はるところより

荷を解きて異国の花の種を蒔く

てのひらに指で書く字や蝶生る

しやぼん玉こはれて草のうすみどり

春月とは違ふ光の灯へ帰る

花冷の指に重たきティーカップ

ひとところ濡れたる色に燕の巣

桜しべ降る待つといふしづけさに

羽打つて遅日の水のひびきかな

手にひらく詩集の余白緑さす

薔薇一輪挿すヴェネチアのガラス瓶

草も木も人も吹かれてゐて涼し

遠雷や日記に書かぬ今日のこと

曼珠沙華切なきまでに蕊ひらく

流星の強く短く山の端

蔦紅葉激し愛とも憎しみとも

切れてまた豆名月に次の雲

水澄むや遠まはりしてくる言葉

花芒揺れては違ふ風を待つ

秋の雲あまたあつまりゐて薄し

鬼胡桃絵本の森へころがりぬ

ゆきつもどりつ秋蝶の胸に棲む

大切なことはゆつくり実紫

短日の端つこにゐてもの思ふ

大空を来て水鳥となりにけり

綿虫や日暮れに遠き空のいろ

人に会ふための師走の橋渡る

V

二〇一五

二〇一五

春めくや汀をはしるものの影

馥郁と春の鷗となりにけり

いきいきと巌の生るる春の潮

抱へきれざる明るさに花ミモザ

友といふほどよき距離や燕来る

行きすぎて春の星座を戻りけり

ビニールの傘に濃淡花の雨

初夏の言葉眩しく交はしけり

本棚のモネセザンヌや緑さす

句座果ててひとりひとりに夏の月

パリ詠　六句

道幅に鉄路の名残り蔦茂る

花茨セーヌにひらく窓いくつ

涼しさやモスクの壁に無数の星

閉ざされし地獄の門や青葉風

みな無口なる無花果の木下闇

白日傘運河の風にひらきけり

紫陽花の大きく白を尽しけり

父の日の父に実の成る木を託す

新緑やオフィスの窓の嵌め殺し

活版の巴里伯林や紙魚走る

白南風やデッキに洗ひざらしの靴

水打つてくださいと桶参道に

藍浴衣着るにはづせる耳飾り

意志のある水となりたる水母かな

向日葵を活けてゴッホの絵の中に

夏終はりゆく雨音に眠りゐる

白樺は佇むひかり夏の果

子規庵のしづかな昼や青瓢

パエリアの米に舌焼く豊の秋

一秒で来たる返信秋澄めり

絵葉書の見知らぬ街や秋黴雨

一列のやがて一人に秋の蟬

白鳥の白を違へて寄り添へる
しろがねにくがねに小さき冬の薔薇

ワイン注ぐ紙のコップや十二月

犬の尾のあつまつてゐる冬日向

Ⅵ

二〇一六

二〇一六

我の名を呼びたる声や初昔

おのづから光りて春の川となる

ゆるやかに水面こみあふ桜時

春風に触れペンギンの飛ばぬ羽

大鯉に日の丸の斑や水温む

悼・澤田和弥

蟻走る享年三十四と墓

老鶯や風立ちて君あるごとし

釣忍日暮の水をしたたらす

猫脚の木椅子しづもる夏館

翻るカフェの庇や立葵

虹くぐり来るパレードの鼓笛隊

茉莉花の風に猫ゐる港かな

一天を無数の鳥や巴里祭

潮騒やほろと崩るるかき氷

河童忌の蛇口の水の縊れけり

はじまりの言葉は淡し泉湧く

その中の蜩の木を仰ぎけり

眠りては癒えゆく母や花木槿

車椅子押す木犀の香の中に

病院の夜間窓口虫すだく

母の待ちゐる病室の秋灯し

草に目を凝らしてゐれば飛蝗跳ぶ

リヤドロのドン・キホーテや稲光

黄落や異国の石の白き墓

降誕祭天使を吊るす絹の糸

クリスマスツリー小さく講師室

冬晴や遠き一樹の名を問ひぬ

遊ぶ子の中に泣く子や実南天

まつすぐにゆく水鳥の水尾分かつ

漂ひてゐる大綿といふ無音

冬の薔薇棘を抱きてしづもれり

またたきてむらさき匂ふ冬の蝶

Ⅶ

二〇一七

二〇一七

鳶の輪のゆるむことなき初御空

寄せ来る波を大きく初渚

初明り差す胸深きところまで
ひとりではなくて北窓ひらきけり

拭き上げし鏡に寒の明けにけり

大空の真中ほぐるる春の風

麗らかや積木のごとくダンボール

かの人と見たる桜を見てゐたり

百千鳥一生のいまどのあたり

燕来る詩集の文字の筆記体

ひとつ足す窓辺の木椅子水温む

囀りのかがやいてゐる大きな木

蘖や書棚に俳書哲学書

桜蘂降る心にも陰日向

迸るシンクの水や巴里祭

形代の新しき名に息を吹く

妻であることを忘るる昼寝覚

海の日の地下鉄深く込み合へり

星涼しいのち宿るをまだ告げず

さやけしや我に胎芽といふ芽生え

マタニティマーク鞄に台風来

秋日射す廊下の奥のルオーの絵

冬鷗ゆくいまの空いまの青

身のうちに心音ふたつ冬木の芽

あとがき

『馥郁』は『祈りの天』に次ぐ第二句集です。十代から二十代の句を収めた第一句集から約十年。ここに私の三十代の句を収めました。三十代の十年間は、ひとりの女性として、これからの人生をどう生きていきたいのかと自らに問い、思い悩む葛藤の日々であったように思います。たくさん迷い、考え、決断し、前を向きながら一歩一歩進んできたその道のりが、この一冊になりました。

　そして、三十代の終りに生涯の伴侶と出会い、小さないのちを授かりました。私のゆく先は、この出会いを育むところから、また新たに始まっていきます。

これからも俳句とともに。

十七音しかない俳句という詩型の潔さが、私は好きです。何を詠んでも、語り過ぎなくていい。そこに救われる思いがします。季節の言葉を通して「今」と向き合えるところも、俳句を愛する由縁です。

敬愛する大木あまりさんに、身に余る栞文をいただきました。心から御礼申し上げます。

最後に、いつも励ましながら見守ってくれている家族と、俳句を通じて私と関わってくださっているすべての方に深く感謝いたします。

二〇一八年　春

日下野由季

著者略歴

日下野由季（ひがの・ゆき）

1977年９月29日東京都生まれ
1997年　「海」入会
2005年　「海」賞受賞　同人
2015年　第17回山本健吉評論賞受賞

句集『祈りの天』（2007）
海編集長
俳人協会会員　日本文藝家協会会員

E-mail　higanoyuki77929@yahoo.co.jp

●初句五十音索引

あ行

藍浴衣　一二八
あをぞらに　二六
秋風や
　—結び目固き　一六
　—チェロに凭れて　六八
秋草の　四一
秋草や
　—いまは渡れぬ　二八
　—羽根のかるさの　八三
秋すでに　四二
秋澄むや
　—鍵に付けたる　六六
　—古城へ渡る　八六
秋蝶の　五二
秋灯し　八七
秋の雨　八四
秋の雲　一一一
秋日射す　一六五
秋めくと　六七
揚花火　六三
朝霧や　八九
紫陽花の　一二五
遊ぶ子の　一五〇
雨粒の　八一
あらたなる　一〇
蟻走る　一三九
いきいきと　一一八
行きすぎて　一一九
いくたびも　三六
活けられて　五一
意志のある　一二八
一音を　三六
一秒で　一三一
一列の　一三二
一湾の　三五
一瞬と　二七
一天を　一四三
犬の尾の　一三四
色鳥や　九〇
魚影の　四九
動かして　四三
薄氷
　—また来る場所と　二一
　—見えざるところ　五六
羅を　二五
海の日の　一六三
海渡り　八八
麗らかや　一五八
枝先の　一八
絵葉書の
　—旅信短し　六二
　—見知らぬ街や　一三二
遠雷や　一〇七
淡海いま　一七
大銀杏　六七
大鯉に　一三九
大空の　一五七
大空を　一一三
御降りの　九五
音立つる　四六
鬼胡桃　一一一
おのづから　一三七
思ひ遂げ　八四

か行

カーテンの　六六
開演の　九八
改札の　六五
開闢の　四四
貝拾ふ　四六
返り花　七一
抱へ来て　二六
抱へきれざる　一一八
掛軸の　四〇
風音の　三〇
風切つて　六八
風に触れ　二〇
風を聴く　一二

形代の　一六二
かたちなき　一二二
河童忌の　一四四
活版の　一二六
哀しみの　五二
かの人と　一五八
かりそめの　八八
考ふる　六〇
寒禽の　三一
観音の　一九
教会の　六一
今日の月　五一
桐咲くや　九
霧立ちぬ　五三
切れてまた　一〇九
金木犀　一一
クーポラの　八五
草に目を　一四七
句座果てて　一二一
草も木も　一〇七
草紅葉　五四
口づけを　八七
くつつけて　一六
クリスマスツリー　一四九
車椅子　一四六
香水の　八二
降誕祭　一四九
黄落や　一四八
木の実落つ　八六
これ以上　四八

さ行

囀りの　一六〇
さかしまに　九九
咲きそめて　九二
桜しべ　一〇五
桜蘂　一六一
桜満開　一〇〇
さざなみの　一二七
さやけしや　一六四
産院の　一〇一
潮騒や　一四三
子規庵の　一三〇
詩に生きて　八一
しやぼん玉　一〇三
秋光の　四二
春月とは　一〇三
春昼や　九九
菖蒲湯の　二四
白樺は　一三〇
しろがねに　一三三
白薔薇　二五
白南風や　一二七
白日傘　一二四
真空と　六五
芯のまだ　一二
新緑や　一二六
数行を　六一
涼しさや　一二三
澄む水と　二八
青年の　七
双眼鏡　三五
その中の　一四五
空青すぎて　九一

た行

大切な　一一二
誰がための　一〇〇
ただ晴れて　三七
漂ひて　一五一
旅慣れて　八三
短日の
—終着駅に　九一
—端つこにゐて　一一三
父の日の　一二五
ちちははの　七一
ちよつとそこ　七九
蔦紅葉　一〇九
燕来る　一五九
燕の子　一五
妻である　一六三
露けさの　八九
梅雨晴や　四〇
釣忍　一四〇
手にひらく　一〇六
てのひらに　一〇二
ときをりの　四九
閉ざされし　一二三
鳶の輪の　一五五
止まり木に　六三
友といふ　一一九
鳥籠に　二九
鳥雲に　九七

な行

投げるでも　二一

夏終はり 一二九
夏雲や 四八
夏の蝶 六〇
夏果ての 六四
夏痩せの 六二
波音に 七二
波音の 八二
名を知らぬ 二三
虹くぐり 一四二
虹を見し 一四
荷造りの 五八
荷を解きて 一〇二
抽んでて 二三
猫脚の 一四一
猫一匹 一八
眠りては 一四五
野遊びや 五八
野水仙 九二
ノラ猫に 三〇

は行

パエリアの 一三一
萩の花 五〇
白鳥の 一三三
はくれんの 七八
はじまりの 一四四
初明り 一五六
初雀 一九
初旅や 五六
はつなつの 一五
初夏の 一二〇
初夢に 九五
初笑ひ 七七
花筏 三八
花茨 一二二
花楓 二四
話したく 三九
花芒 一一〇
花野ゆく 一七
花冷の 一〇四
羽打つて 一〇五
羽ばたける 七〇
母の雛 八〇
母の待ち 一四七
薔薇一輪 一〇六
春風に 一三八
春きざす 二〇
春渚 七
春の山 四五
春の雪 九六
春めくや
—画廊に掛かる 二三
—汀をはしる 一一七
ハロウィンの 五四
飛花一片 五九
蘖や 一六一
人去りて 六四
ひとつ足す 一六〇
ひとところ 一〇四
人に会ふ 一一四
一房の 八五
ひとりでは 一五六
ビニールの 一二〇
向日葵を 一二九
病院の 一四六
翻る 一四一
日を乗せて 四四
深爪に 七〇
吹かれたる 三八
拭き上げし 一五七
馥郁と 一一七
ふたたびと 五〇
ふつくらと 九八
冬鷗ゆく 一六六
冬草を 六九
冬の薔薇 一五二
冬薔薇の 二九
冬晴や 一五〇
冬紅葉 五五
触れ合うて 五九
触れてみる 一〇
忘年や 七三
星涼し 一六四
星ひとつ 七二
迸る 一六二
ぼろ市や 四三
本棚の 一二一
ほんたうの 三七
ポンプ井戸 四七

ま行

曲屋の 三九
まだ色を 五七
またたきて 一五二
マタニティマーク 一六五
またひとつ 三一

まだ見つめ　一三
まつさらな　九六
松過や　七七
まつすぐに　一五一
茉莉花の　一四二
まほろばの　四七
曼珠沙華　一〇八
みぎひだり　一四
水打つて　一二七
水澄むや　一一〇
水澄めり　九〇
水温む　一〇一
道幅に　一二三
径ゆづる　一一
みな無口　一二四
身につける　五五
身のうちに　一六六
深吉野の　四五
胸元の　七九
胸の上に　五三
もくれんの　九七
ものの芽に　八
百千鳥　一五九

や行

ゆきつもどりつ　一一二
雪解けの　一一三
ゆく秋の　四一
ゆるやかに　一三八
揺れやむは　八
よき顔に　八〇
寄せ来る　一五五
呼び込むと　七三

ら行

ライラック　九
立春の　五七
リヤドロの　一四八
流星の　一〇八
老鶯や　一四〇
ロールカーテン　七八

わ行

ワイン注ぐ　一三四
綿虫の　六九
綿虫や　一一四
我の名を　一三七

句集　馥郁　ふくいく

二〇一八年九月二五日　初版発行　二〇一九年二月二二日　二刷

著　者——日下野由季
発行人——山岡喜美子
発行所——ふらんす堂
〒182-0002 東京都調布市仙川町一—一五—三八—二F
電　話——〇三（三三二六）九〇六一　ＦＡＸ〇三（三三二六）六九一九
ホームページ　http://furansudo.com/　E-mail　info@furansudo.com
振　替——〇〇一七〇—一—一八四一七三
装　幀——和　兎
印刷所——日本ハイコム㈱
製本所——日本ハイコム㈱
定　価——本体二五〇〇円＋税

ISBN978-4-7814-1061-6　C0092　¥2500E